PRÉCIEUSE COLLECTION

D'ESTAMPES

japonaises

Provenant du Cabinet d'un Amateur

PIÈCES DE PREMIER CHOIX

Chefs-d'œuvre des Maîtres de l'École Oukiyo-é

EN TIRAGE EXCEPTIONNEL

VENTE A L'HOTEL DROUOT

Le Samedi 18 Avril 1896

A DEUX HEURES

PARIS
ERNEST LEROUX, ÉDITEUR
28, RUE BONAPARTE, 28

1896

ANGERS, IMPRIMERIE ORIENTALE DE A. BURDIN.

PRÉCIEUSE COLLECTION
D'ESTAMPES JAPONAISES

PIÈCES EXCEPTIONNELLES

CONDITIONS DE LA VENTE

La vente sera faite au comptant.

Les adjudicataires payeront cinq pour cent en sus des enchères applicables aux frais.

M. ERNEST LEROUX se chargera des commissions des personnes qui ne pourront assister à la vente.

PRÉCIEUSE COLLECTION

d'Estampes Japonaises

PROVENANT DU CABINET D'UN AMATEUR

PIÈCES DE PREMIER CHOIX

CHEFS-D'ŒUVRE DES MAITRES DE L'ÉCOLE OUKIYO-É

EN TIRAGE EXCEPTIONNEL

VENTE A L'HOTEL DROUOT, SALLE N° 10

LE SAMEDI 18 AVRIL 1896

A DEUX HEURES

Par le Ministère de Me MAURICE DELESTRE, Commissaire-Priseur,
Rue Saint-Georges, 5,

Avec l'assistance de M. ERNEST LEROUX, Libraire-Expert,
Rue Bonaparte, 28.

EXPOSITION PARTICULIÈRE	*EXPOSITION PUBLIQUE*
LE JEUDI 16 AVRIL	LE VENDREDI 17 AVRIL
Rue Coëtlogon, n° 10	A l'Hôtel Drouot, Salle n° 10
DE DEUX HEURES A CINQ HEURES	**DE DEUX HEURES A CINQ HEURES**

PARIS
ERNEST LEROUX, ÉDITEUR
28, RUE BONAPARTE, 28

1896

PRÉCIEUSE COLLECTION

D'ESTAMPES JAPONAISES

Hishikawa Monorobou

Le créateur de l'Estampe japonaise au XVIIe siècle.

1. Scène d'amour, grande pièce oblongue dans un encadrement. Œuvre vigoureuse, d'un dessin énergique, coloriée en rouge, gris et vert; la figure de la femme en blanc comme dans les gouaches de l'École de Tosa.

Tori-i-Kiyomitsou.

2. Jeune femme de O-hara, portant sur la tête un panier de plantes vertes et marchant en chantant pour attirer sa clientèle. Délicieuse composition à tons vert et rouge rehaussés par les noirs vigoureux de la ceinture. La légèreté de la démarche, l'ondulation des vêtements flottants font songer à la jeune femme qui porte sur la tête un panier de raisins dans l'*Ivresse de Noé* de Benozzo Gozzoli au Campo Santo de Pise.

   Pièce de premier ordre en admirable tirage.

3. Le Rêve. Un Chinois, endormi sur un lit de repos, voit dans son sommeil les kiosques de son parc et un cortège princier suivi d'une escorte militaire. Très belle pièce en hauteur.

4. Un jeune homme et une dame élégante, à l'ample vêtement flottant. Belle pièce de grand format en hauteur, coloriée à deux tons,

rose et vert. Le dessin est d'une grande allure et les personnages se détachent sur le fond du papier, sans trace de terrain, de paysage ni d'accessoire. Cette estampe en excellent état porte le nom du graveur : Yeijudo Hibuio.

Tori-i-Kiyomassou.

5. Personnage de théâtre en riche costume décoré de grandes armoiries. Belle pièce en hauteur à tons rouge et vert. De la collection Duret.

Tori-i-Kiyohiro.

6. Scène dans un jardin. Un samouraï sur une échelle et, près de lui, une jeune femme. Excellente pièce en hauteur à deux tons, rose et vert.

Tori-i-Kiyotsouné.

7. Danseuse en costume noble. Très belle pièce en hauteur à coloration bleue.

Okoumoura Massanobou.

8. La poètesse Komati en costume de cour. Belle pièce à tons rose et vert, format étroit en hauteur.

Okoumoura Toshinobou.

9. L'acteur Ichikawa Danjouro en marchand de légumes. Pièce fort rare, d'un dessin vigoureux, peinte à plusieurs tons, du genre *Ourousbi-é*.

Nishimoura Shighénaga.

10. Samouraï agenouillé présentant un sabre à un daïmiyo. Pièce de format étroit en hauteur, coloriée, avec des rehauts d'or.

11. Jeune homme à la tournure efféminée s'abritant sous un parasol. Estampe de format étroit en hauteur, coloris à tons verts très doux.

Charmante pièce en premier état.

Hishikawa Toyonobou.

12. Un personnage, dans le costume traditionnel des Komossos, vient de quitter son immense chapeau et regarde une image suspendue à un arbre représentant un komosso. Très belle pièce en hauteur à tons rose et vert.

13. Trois enfants roulant une grosse boule de neige. L'un d'eux souffle dans ses doigts. Planche charmante où le rose des costumes et des cerisiers en fleurs se détache sur le blanc d'un paysage couvert de neige.

Kitao Shighémassa.

14. Deux enfants près d'un puits, gravure destinée à l'*Isé Monogatari*. Pièce curieuse qui ressemble à un premier tirage d'une chromolithographie avant que le trait et les tons vigoureux n'aient été tirés. Format étroit en hauteur.

15. Cinq grues au milieu des sapins, au bord d'une rivière. Superbe pièce de format oblong.

16. Quatre enfants jouant devant une boutique de bonbons. Charmante pièce de format carré. (Non signée.)

Shôshôken.

17. Une jeune femme nonchalamment couchée dans un lit à tentures, et, près d'elle, une servante qui agite un éventail. Très belle pièce de format carré, d'un coloris aux riches et élégantes tonalités.

Ce qu'il y a de curieux dans cette estampe, c'est qu'elle constitue un calendrier de l'année II de Meiwa (1765). Les plis de la robe de la femme couchée indiquent les grands mois; les gaufrages des rideaux du lit, la date de l'année; les ornements du baldaquin, les petits mois.

Seïko.

18. Superbe estampe carrée, avec deux cachets : Oushosaï et Seïko. Le sujet est une grande pièce mécanique, représentant un éléphant qui porte sur son dos une jonque chinoise, des musiciens et diffé-

rents personnages, mus par un mouvement d'horlogerie. Tirage aux riches couleurs.

Harounobou.

19. Personnage marchant pieds nus dans la neige. Grande pièce en hauteur destinée à une illustration de l'*Isé Monogatari*. Œuvre remarquable, d'un coloris léger, semblant attendre le tirage d'autres tons. Dans le fond, un ciel gris piqueté de neige et rayé de longues gaufrures, donne un aspect tout particulier à cette pièce rarissime.

20. Deux enfants jouant avec leur mère. Celle-ci est couverte d'un peignoir dont la transparence laisse voir le nu d'un bras et d'un bas de jambe. Belle pièce de grand format carré.

21. Un jeune homme, la tête couverte d'une capuche brune, prend congé d'une femme sur un escalier. Grand format carré.

22. Devant la cascade. Un couple amoureusement enlacé et une suivante portant un manteau. Celle-ci s'avance lentement dans un léger balancement du corps qui fait flotter les longues manches de son manteau. Elle est charmante dans sa simplicité. Format carré.

Œuvre excellente.

23. La cueillette. Scène à deux personnages, dans les rizières. Format carré.

24. Jeune couple dans un jardin. Format carré.

Toutes ces pièces en tirage ancien sont d'un coloris à tonalités apaisées qui fait valoir l'élégance des compositions.

Tori-i-Kiyonaga

25. Deux femmes aux riches costumes déroulant un makimono devant un acteur. Œuvre de jeunesse dont le style et le coloris trahissent l'influence de Koriousaï. Format en hauteur.

26. Kintoki, en costume militaire, lance en l'air un lutteur qu'il reçoit d'une main. Curieuse pièce de grand format, à tons rouges.

27. La promenade du Yoshiwara. Les femmes d'une maison célèbre,

défilant processionnellement pour l'exhibition des nouvelles toilettes d'hiver dans la grande rue du quartier, décorée de sapins, passent devant un groupe d'autres femmes qui les regardent avec une curiosité admirative. Magnifique pièce de grand format oblong en très beau tirage.

28. Un jeune prince s'essayant au tir à l'arc. Pièce fameuse, d'une élégance et d'une sûreté de dessin incomparables. Grand format oblong.

29. Les princesses porteuses de sel. Composition célèbre. Tirage à tons brillants. Grand format en hauteur.

30. Deux femmes dans une barque. Au fond, un paysage intéressant, des collines verdoyantes baignant dans la rivière et, au loin, des montagnes. Estampe en hauteur, une des belles œuvres de Kiyonaga.

31. Scène de comédie. Une danseuse entre deux personnages au type de pierrot.

Pièce en hauteur.

Bountscho.

31 *bis*. Le rendez-vous. A travers une baie grillagée une jeune femme écoute la déclaration d'amour d'un galant, qui se dissimule sous un vaste parasol. On se croirait à Cordoue en présence d'une de ces scènes charmantes où le fiancé vient faire sa cour devant la fenêtre aux grilles de fer ouvragé, ce qu'en Andalousie on nomme plaisamment *pelar la pava*. Délicieuse composition avec oxydations dans les rouges et les noirs. Pièce rare et de premier ordre.

Koriousaï.

32. Deux jeunes femmes lisant et, dans le haut tout un paysage se déroulant en vue panoramique, avec le serpentement d'un ruisseau au milieu de collines verdoyantes. Admirable composition en format kakémono.

33. Une femme arrosant des pivoines dans un vase rouge. Charmante pièce de format carré, à tons brillants.

34. Une courtisane et ses deux kamouros. Riche costume, avec une carpe bondissant dans une cascade, brodée sur la ceinture. Très beau tirage à couleurs vives, à rouges oxydés. Grand format.

Shounsho.

35. Un guerrier poignardant son adversaire. Pièce carrée à tonalités brillantes.

36. Un homme saisissant une carpe gigantesque qui bondit dans une cascade. Pièce étroite en hauteur, d'un admirable dessin. Superbe tirage.

37. Danseur et danseuse aux vêtements flottants. Belle composition à tons verts et rouges. Format carré.

38. Scène de drame à deux personnages. Excellente pièce de format carré.

39. Un tigre. Superbe pièce en format kakémono.

Dans une notice que vient de publier à New-York M. Fenollosa sur les Maîtres de l'Oukiyo-é, ce fin connaisseur dit : Les planches d'acteurs de Shounsho n'ont pas encore été estimées par les amateurs à toute leur valeur esthétique. D'une manière générale, on peut dire que chacune est un chef-d'œuvre d'invention, révélant de nouvelles conceptions de coloris et de nouvelles ressources et de nouvelles délicatesses de dessin et d'impression.

Shouniyei.

40. La pêche de nuit. Triptyque à trois personnages, l'un jetant le filet, l'autre éclairant avec une torche, tandis que le troisième maintient la grande barque jaune. Très belle pièce, d'un coloris vigoureux sur fond gris.

41. Jeune femme dans un jardin. Composition élégante et à tons doux. Format étroit en hauteur.

42. Scène de cirque. Un écuyer, sur un cheval rouge brun, porte sur ses épaules un bouffon à coiffure de shojo qui agite deux grandes fleurs. Pièce en hauteur.

43. L'attente. Près du rempart, au bord de la rivière, une femme,

armée d'un sabre nu, épie la venue de celui dont elle veut se venger. Composition très expressive, en excellent tirage.

44. Un jeune garçon, en costume de petit danseur, auprès d'une boule de neige, souffle dans ses doigts. Pièce en hauteur à colorations jaunes. Beau tirage.

Shounkô.

45. La danse des fleurs. Pièce intéressante pour les costumes.

46. Un lutteur, dont un peignoir jeté sur les épaules cache à peine la nudité.

47. Une danseuse de Nô, dans un costume curieux avec de grandes ailes.

Ces trois pièces, de format étroit en hauteur, sont des œuvres parfaites en excellent tirage.

Yeishi.

48. Réunion de neuf jeunes femmes, symbolisant les dieux du bonheur, dans un long bateau noir à la poupe terminée par un gigantesque Hô-o. Magnifique triptyque, un des chefs-d'œuvre du maître.

49. Courtisanes en promenade. Superbe pièce à tons brillants mis en valeur par le vert sombre des sapins qui décorent la grande rue du Yoshiwara. Composition d'une rare élégance et d'un admirable tirage.

50. Trois jeunes femmes sur une terrasse. Belle pièce à tons passés, dans le style de Kiyonaga.

51. Une dame lisant des devises poétiques attachées à un arbuste.

52. La dame au petit chien.

Deux belles compositions, d'une grâce un peu maniérée, avec une grande recherche d'élégance dans le dessin des robes, dans les attitudes et dans l'expression des figures.

53. La pêche à la ligne. Deux jeunes femmes sous un petit portique, au bord d'une rivière. Jolie pièce dans le style de Kiyonaga.

54. Une guésha, aidée de deux compagnes, se prépare pour une danse noble. Pièce de format moyen en beau tirage.

55. Portrait d'une grande courtisane. Accroupie dans une pose gracieuse, sa longue pipette à la main, vêtue d'une robe magnifique, elle se détache en vigueur sur un fond jaune et semble poser devant l'artiste.

56. Une courtisane assise près d'une petite table en laque rose supportant divers objets. Belle pièce à fond jaune.

57. Les barques. Une réunion joyeuse de femmes élégantes dans un bateau aux stores à demi baissés, sous les pilotis d'un grand pont. Au premier plan, un jeune batelier, les jambes nues, pousse sa barque. Bon tirage.

Yeisho.

58. Superbe portrait de courtisane, sur un fond d'étoffe à tonalités légères, où sont brodés des lapins blancs. La coiffure avec les kanzashis est admirablement traitée. Format en hauteur. Pièce remarquable provenant de la collection Duret.

Yeisouï.

59. Une jolie courtisane, relevant d'une main la moustiquaire verte à travers laquelle elle apparaît en transparence, contemple avidement un écran sur lequel est peint un jeune seigneur, peut-être le prince charmant de ses rêves. Gracieuse composition en excellent état.

Shountscho.

60. Deux jeunes femmes et un petit garçon sur une terrasse à pilotis au-dessus de la rivière. Pièce admirable en hauteur. Les costumes noir et orangé des femmes forment un harmonieux contraste, et, au fond, se déroule un beau paysage traité à la manière de Kiyonaga.

61. Exhibition des toilettes d'hiver au Yoshiwara. Devant un portique dressé dans la rue, au milieu des sapins plantés pour la circonstance, six jeunes femmes nonchalamment assises et réunies en un groupe

charmant sont parées de robes aux couleurs sombres et à dessin géométrique. Très belle pièce tirée dans des tonalités mauves et grises, rehaussées de rayures jaunes et blanches.

Sharakou.

62. Triptyque représentant trois acteurs de drame, dont l'un costumé en femme.

On sait combien sont rares les œuvres de cet artiste puissant et original. Découragé par le mauvais accueil fait à ses œuvres jugées trop réalistes par ses compatriotes, Sharakou abandonna le pinceau après avoir publié pendant deux ans un petit nombre de *nishiki-é*. Ce triptyque est le seul qui ait encore figuré dans une vente. — De la Collection Duret.

63. Scène de drame à deux personnages.

Grande composition en hauteur. Fond micacé.

64. Portrait d'acteur au masque tragique. Les yeux louches, ne laissant guère voir que le blanc, la bouche convulsée, les bras crispés, tout donne au personnage cet air terrible que Sharakou a su rendre avec une simplicité de moyens et une vérité d'expression qui en font un artiste hors de pair.

Tchôki.

65. Scène du drame des Ronins, à trois personnages. Composition de format carré. Le type de l'acteur en femme rappelle la manière de Sharakou.

66. Jeune femme dans un jardin au bord de la rivière. Au-dessus de la ligne d'horizon, la moitié d'un soleil rouge feu sur un fond de ciel noir laqué.

Les œuvres de Tchôki sont fort rares, et nous appelons l'attention sur ces deux pièces excellentes.

Outamaro.

67. Portrait d'une courtisane. Pièce superbe sur fond micacé. La tête a une expression hiératique et la coiffure, avec ses deux grandes ailes relevées, est étrange. Riche costume à décor géométrique.

68. Une dame, dont l'élégante sveltesse semble quelque peu exagérée, lit un makimono que lui présente une servante.

69. Préparation du riz, par deux femmes, sous un érable en fleurs. Ces ouvrières, avec leur linge négligemment jeté dans les cheveux et leur large robe nouée à la ceinture, ont une grâce exquise. Très belle pièce en hauteur. — De la Collection Duret.

70. Fête du Niwaka au Yoshiwara. Chatoiement de couleurs vives, costumes élégants, lanternes, tentures, avec un grand papillon multicolore et, au milieu de tout cela, les têtes de trois personnages. Belle pièce en hauteur. — De la Collection Duret.

71. Portrait de courtisane. Grande figure sur fond jaune. La chevelure, dans laquelle sont piqués de grands kanzashis jaunes, est traitée avec un soin extrême. Très belle pièce en hauteur.

72. Une mère faisant faire pipi à son petit garçon. Pièce charmante et bien connue. Format en hauteur.

73. La toilette. Scène à deux personnages. Pièce en hauteur.

74. Le nettoyage d'une maison verte. Trois planches. Toute la maison est bouleversée et nettoyée à grands coups de balai et de plumeaux; de petites troupes de souris se sauvent effarées et l'on met dehors les clients retardataires. Très belle épreuve de ces trois planches célèbres.

75. Trois courtisanes. Superbe triptyque dont le fond est décoré par un Hô-o gigantesque, en souvenir de celui peint par Outamaro dans le Yoshiwara. Composition du plus grand effet décoratif.

76. Les Ronins. Onze pièces en hauteur d'excellent tirage. Série célèbre que nous n'avons plus à décrire. Les scènes du drame sont travesties en scènes de la vie ordinaire avec des intentions tantôt plaisantes, tantôt satiriques, tandis que dans le haut de la composition les vrais épisodes de l'histoire de Ronins sont reproduits en un cartouche. — Estampes de choix, en premier état.

77. Cinq jeunes femmes, des poètesses, sont assises autour d'une peinture montée en tsouitaté et représentant une œuvre de l'École de Tosa : un jeune seigneur à cheval suivi d'un domestique et

d'un page, en contemplation devant le Foudji à demi voilé dans le lointain par des nuages.

Grande composition oblongue en superbe tirage où la tonalité rose domine. Pièce fort rare.

Outagawa Toyohiro.

78. Jeunes femmes en promenade, devant l'étalage d'un magasin de soieries où l'on voit une foule de personnages formant un tableau très animé. Triptyque d'un admirable tirage, en premier état.

79. Le soir dans la neige. Délicieuse petite pièce qui a figuré à l'Exposition des Beaux-Arts en 1890. Très rare.

Notons une particularité curieuse. Sur le parapluie, en haut à gauche, on lit les initiales du magasin de location, en bas à droite le numéro d'ordre du parapluie loué.

80. Une plante fleurie dans une jardinière en porcelaine à décor bleu et jaune (carpe dans les flots), posée sur une petite table en laque rose. Pièce décorative de grand format, digne à tous égards du grand artiste qui l'a signée.

Toyokouni.

81. Une jeune femme, tenant de ses deux mains un bâton posé derrière le cou, exécute une danse au rythme lent et gracieux. Le joli costume rose et vert, que rehausse une ceinture d'un noir velouté, flotte en de gracieuses ondulations. Pièce délicieuse, de format étroit en hauteur.

82. Scène de théâtre à deux personnages, dans l'un desquels on reconnaît l'acteur Koshiro. Format étroit en hauteur.

83. Scène d'amour à deux personnages. Admirable pièce, d'un coloris mauve et noir.

84. Le rêve. Une courtisane, nonchalamment assoupie dans un fouillis de riches étoffes, s'endort ayant déposé sa pipette, et son rêve commence, représenté en une longue spirale comme une fumée légère. Superbe pièce dans les tons jaunes.

85. Un danseur se livrant à des contorsions bizarres. Pièce étroite en hauteur, à tonalité grise.

86. Un acteur bizarrement coiffé assis sur une barrière. Pièce en hauteur. — De la Collection Duret.

87. Deux jeunes femmes dans une barque. Fond de paysage. Très belle composition à la manière de Kiyonaga.

Kounisada.

88. Un guerrier, sur un cheval se cabrant, en un mouvement qui rappelle l'officier de chasseurs à cheval de Géricault au Louvre. Grand format.

89. Un guerrier à cheval vu de face. Pièce de grande allure et du plus bel effet décoratif. Grand format.

Ces deux magnifiques compositions témoignent de la puissance de talent de l'élève préféré de Toyokouni et font comprendre l'engouement des Japonais pour cet artiste. En ces deux planches, il fait revivre toute la gloire militaire du Japon féodal comme Géricault, avec son chasseur, synthétise l'épopée napoléonienne.

90. Jeune femme couchée sous une moustiquaire verte. Belle pièce en hauteur.

Kouniyoshi.

91. Les Ronins montant à l'assaut du château de Kira. Composition en grisaille, sur un fond de ciel blafard, barbouillé de nuages neigeux. Pièce remarquable, de grand format oblong. Estampe fort rare et d'un aspect tout particulier.

A noter le soin avec lequel Kouniyoshi a traité l'échelle de corde où grimpe un des conjurés, et le rendu des ombres portées.

92. Le four. Fond de paysage, avec le sommet d'une montagne bleue dont la base est cachée par la brume. Oblong.

93. Vue de Shoheisaku. Belle pièce à tons roses et bleus.

94. Deux personnages sur les bords de la Soumida, en contemplation

devant le Foudji, vu au loin dans la brume du soir. Pièce admirable et fort rare. Oblong.

95. Le Foudji, vu à travers les mailles d'un grand filet de pêche. Très belle pièce. Oblong.

Toutes ces planches sont en premier état et de condition parfaite.

96. L'arc-en-ciel à Surugadaï. Admirable composition à tirage vigoureux, avec des verts et des rouges puissants qui se détachent sur un ciel d'un bleu sombre à teintes dégradées. Oblong.

97. Vue prise sur la route du Tokaïdo. Des pins au noir feuillage sur le bord d'une petite rivière et, au loin, des montagnes bleues et la pyramide jaune du Foudji. Très belle épreuve. Format oblong.

98. Le nid de vautours. Un vautour, sur un pin, une patte en l'air, regarde sa couvée qui piaille réclamant quelque proie. Grande pièce d'un dessin vigoureux.

99. Dessins originaux préparés pour la gravure. Précieuse collection de compositions du grand artiste, comprenant vingt-sept planches : sept destinées à l'illustration d'un roman, seize planches au trait représentant des scènes populaires et quatre planches doubles, des caricatures et des grimaces. En un album de format oblong.

Toute la série d'œuvres que nous venons de décrire se compose de pièces choisies, surtout des paysages, où l'on a plaisir à retrouver les qualités puissantes du maître qui a peint tant de sanglantes batailles entre Taïras et Minamotos, tant de spectres et d'apparitions, à qui l'on doit la grande série des Ronins, les miracles de Nitiren et cent autres compositions de premier ordre.

Hiroshighé.

100. Les tourbillons de Naruto. Admirable triptyque, un des chefs-d'œuvre du maître.

La rivière, d'abord majestueuse et calme, s'élance bientôt en rapides et vient se précipiter en cascades du haut des rochers, formant de grands tourbillons et des vagues tumultueuses, pour reprendre un peu plus loin son cours tranquille. La scène ressemble à celle qu'offre la chute du Rhin à Laufen.

Le peintre a su rompre la monotonie de cette immense masse d'eau par des jeux de lumière habilement ménagés ; son œuvre peut être mise en comparaison avec celles de nos maîtres paysagistes.

101. Chemin dans les montagnes sur la route du Kisso Kaïdo, par un temps de neige. Superbe triptyque à deux tons, le blanc de la neige et le bleu des cascades et des torrents. L'effet obtenu est saisissant. Les toits du petit village enfoui dans une anfractuosité de la montagne rappellent seuls la vie au milieu de cette vaste solitude que la neige couvre comme d'un linceul. Œuvre de premier ordre.

102. La promenade aux pruniers en fleurs. Sous de grands pins, défilent de longs cortèges de femmes dont chaque groupe, uniformément vêtu, contraste par ses couleurs avec les autres groupes. Au second plan, les arbres en fleurs étalent leur feuillage rose; la masse neigeuse du Foudji borne l'horizon. Magnifique triptyque en tirage de premier ordre. Le ciel est rendu avec une délicatesse, un lumineux qu'on retrouve trop rarement dans les tirages d'Hiroshighé.

103. Une rue à Yédo la nuit. Pièce admirable.

Sous un ciel d'un bleu transparent éclairé par la lune, une rue de Yédo se prolonge en une perspective fuyante. L'éclairage des maisons projette des lueurs rouges et jaunes et la rue est animée par de nombreux personnages dont les ombres portées se reflètent sur le sol.

104. Trois paysages du Tokaïdo. Charmantes compositions de petit format, une marine, des montagnes, une rivière.

Ces pièces, parfaites de tirage, seront vendues séparément.

105. Vol d'oies sauvages à Hanida. Format oblong.

106. Un aigle planant. Pièce en hauteur.

107. La porte d'une rue à Yédo. Vue de nuit. Pièce en hauteur.

108. Hodogaya, sur la route du Tokaïdo. Effet de neige. Format oblong.

109. Travail dans une mine à la clarté des lampes. Format en hauteur.

Les cinq pièces qui précèdent sont toutes en tirage exceptionnel.

110. Trois feuilles d'oiseaux sous le soleil, sous la pluie et sous la neige. Trois chefs-d'œuvre du maître.

Ces pièces, de format étroit en hauteur, seront vendues séparément.

111. Sourimono carré représentant un kakémono sur lequel est peint un Sennin. Le saint ermite ouvre une boite d'où s'échappe, au milieu d'une fumée noire, un dragon qui s'élance hors du kakémono dans les airs. Beau tirage.

Hokousaï.

LES IMAGES DES POÈTES (*Shika Shashinkiô*). — 1830.

Cette série peut être considérée comme le chef-d'œuvre du grand artiste. Dans ces compositions, du plus fier dessin, de la plus grande assurance dans le trait, dit M. de Goncourt, la coloration de l'aquarelle a une solidité, un *gras*, qui vous enlève toute impression d'un coloriage sur du papier. Rien ne peut donner une idée de la grandeur, du pittoresque, de la couleur à la fois réelle et poétique des paysages où se passent ces scènes lyriques.

Nos planches sont toutes en tirage de choix et en premier état. Nous les signalons d'une manière toute particulière à l'attention des amateurs.

112. Dans un paysage montagneux, un poète chinois, une branche de saule à la main, chevauche sur un cheval blanc. Plus haut, dans le sentier, teinté de rose, un pêcheur et un autre cavalier.

113. Un poète appuyé sur un long bambou, en contemplation devant une cascade aux eaux bleues bondissant sur des rochers jaunes que coupent des branches de pins d'un vert sombre.

114. Un homme, portant des plantes au bout d'une perche, traverse un petit pont. Dans le fond, de grands arbres éclairés par la lune.

115. Sur une terrasse qui domine la rivière, un poète contemple la lune qui se lève. Au premier plan, des rochers roses assez semblables à ces rochers artificiels que l'on voit dans les parcs chinois.

116. Un soldat grimpé sur un arbre fait ouvrir la porte de la frontière, en imitant le chant du coq.

117. Trois personnages sur un rivage verdoyant, au bord de la rivière. Au fond le ciel bleu, découpé comme l'intérieur d'une grotte de glace.

118. Un poète, suivi d'un domestique et d'un page, traverse un pont jeté sur un torrent. Au fond, une montagne dont la base, voilée par une brume, plonge dans les eaux transparentes d'un lac.

119. Une femme lavant de la toile, à grands coups de battoir, sous la clarté de la lune.

120. Chevauchée dans la neige. Un cavalier, suivi d'un piéton vêtu d'un costume en roseaux, vient d'arrêter son cheval dont le mouvement est finement observé. La coloration de l'estampe en blanc et bleu est du plus admirable effet. Le ciel passe, par une dégradation insensible, du sombre indigo jusqu'au bleu le plus tendre, avec les piquetures de blanc de la neige qui couvre peu à peu le paysage.

LES CASCADES CÉLÈBRES. — 1827.

Les noms japonais de chacune de ces cascades sont indiqués par M. de Goncourt auquel nous renvoyons le lecteur. Toutes nos pièces sont dans un tirage exceptionnel et en parfait état.

121. Des pèlerins montant vers un temple de la déesse Kwan-non près d'une cascade qui tombe en minces filets bleus sur des collines vertes et jaunes.

122. Cinq porteurs sur un pont, près de la cascade d'Ono. Au fond, une brume et des nuages d'un bleu verdâtre, d'où émergent des rochers jaunes et rouges.

123. Un groupe de gens assis au pied de la cascade de Yoro.

124. Deux hommes lavant un cheval rouge dans une cascade qui se précipite en une masse bouillonnante.

125. Un homme, appuyé sur ses paniers, s'éponge le front.

126. Des gens se baignant dans la cascade de Rôben.

127. Collation au bas de la cascade d'Amida dans la chute de laquelle les Japonais voient une ressemblance avec la tête d'un Bouddha.

128. Un pont reliant les deux pics d'une montagne. Très belle pièce de la *Série des Ponts*, signée Katsoushika Taïto. La dégradation des tons de l'eau qui va se fondre avec le ciel éclairé par la lune est admirablement rendue. Épreuve de choix.

129. Une halte près d'une boutique de thé, sur les bords de la Soumida. Grande pièce oblongue à tons légers et à gaufrures. Excellent tirage.

130. Kintoki et le vieux bûcheron. Dans le fond, le Foudji au sommet neigeux imprimé en gaufrures. Très belle pièce d'une douce tonalité. Format oblong.

131. Un grand panier d'osier, avec des pois de senteur jetés sur une étoffe rouge. Excellente pièce oblongue.

132. Réunion de famille sur une terrasse. Grance pièce signée : Le vieillard fou de dessin Hokousaï.

133. Une route rose, au bord d'un torrent, et, de l'autre côté, des rochers à pic aux couleurs chatoyantes, depuis le pur lapis-lazzuli jusqu'au vert et au jaune; au fond, le sommet neigeux du Foudji. Superbe pièce en excellent tirage.

134. Une Maison Verte au Yoshiwara. Grande composition de cinq feuilles. Rare.

Pièce fort intéressante, montrant sur le vif les mœurs des courtisanes dans leur élégant intérieur. Ici la cuisine et les friandises ; là le grand salon de réception, plus loin les petites pièces intimes; tout cela animé par une foule de femmes, les unes sortant processionnellement pour la promenade des toilettes nouvelles, les autres déballant des cadeaux, d'autres recevant des amis; puis tout un monde de gens de service, de taïkomati plaisants, de fournisseurs. Une telle composition en apprend plus que de longues lectures sur ce Yoshiwara qui tient une si grande place dans la vie des Japonais.

135. Les cinquante-trois stations du Tokaïdo. Pièces oblongues, tirées en sourimonos, avec gaufrures. Suite précieuse et rare publiée en 1801. Tirage dans les tons les plus fins et les plus délicats.

— 1. Hara. Au premier plan, un homme et une femme accompagnés d'un domestique allument leur pipette.

— 2. Mariko. Collation joyeuse. Tirage excellent, gaufrures.

— 3. Nihon-bashi. Une foule sur le pont, porteurs, servantes, etc. Au fond le Foudji.

— 4. Okazaki. Paysage d'hiver avec des montagnes neigeuses.

— 5. Fujiyéda. Deux jolies marchandes derrière un étalage.

— Trente planches de petit format en excellent tirage, parmi lesquelles nous signalerons : Une femme faisant du filet et se retournant vers un petit garçon, un jardinier, repassant sa faucille qu'il tient entre ses pieds ; le passage d'un torrent à dos d'hommes, jolie composition terminée par des collines bleuâtres ; une femme se coiffant accroupie à terre devant un miroir, et tenant d'une main sa natte qu'elle peigne de l'autre ; pièce charmante.

136. Un élégant intérieur de samouraï ; le père regardant une coupe à saké et, près de lui, sa femme et un petit garçon. Beau sourimono oblong.

137. Yébisou, dans la pose d'un acrobate couché sur le dos, porte sur ses pieds un ballot de riz sur lequel est un tambour et un coq au plumage blanc. Très beau sourimono carré.

138. Deux femmes, dont l'une est montée sur un bœuf que tire un petit garçon. Beau sourimono carré, tirage fin à gaufrures d'argent.

139. Guerrier aidant de sa lance un petit garçon pour briser un vase d'où l'eau s'échappe. Beau sourimono carré en tirage délicat, gaufrures d'or et d'argent.

140. Un chariot de voyage. Superbe sourimono oblong, avec des noirs laqués et de délicates gaufrures rehaussées d'or et d'argent.

141. Un singe, coiffé d'un chapeau de manzaï, gambade sur des sacs de riz en agitant un éventail. Pièce oblongue du plus fin tirage.

142. Guerrier attachant à un poteau un cheval qui se cabre. Très belle pièce oblongue, coupée de grandes traînées d'ombres transparentes. Sourimono à rehauts d'or et d'argent, signé Ihitsou, 1824.

Hokkeï.

143. Un homme à cheval sur une carpe gigantesque s'apprête à la percer de son sabre entre les deux étoiles d'or qu'elle porte au-dessus de l'œil. Grand sourimono oblong à rehauts d'argent.

144. Collines verdoyantes au bord de la Soumida ; dans le fond le

Foudji, sur un ciel rose. Sourimono carré du tirage le plus délicat.

145. Un serpent enroulé sur une boîte qui contient deux fruits. Excellent sourimono.

146. Un homme, portant une torche allumée, bondit à grandes enjambées au milieu de vagues énormes qui s'écartent devant lui. Superbes colorations sous un ciel noir. Beau sourimono carré.

Gakouteï.

147. Une carpe au fond des eaux. Admirable pièce de format carré. La carpe, avec ses reflets d'argent, est vue dans la profondeur de la rivière, au milieu des herbes, en une transparence bleuâtre de l'effet le plus harmonieux. Pièce de premier ordre. Très rare.

148. Un crabe dans les fleurs. Sourimono célèbre en superbe tirage.

Keisaï Yeisen.

149. Trois paysages pris sur la route du Kissokaïdo. Format oblong.
Un pont au premier plan d'un paysage que bornent des montagnes roses et bleues sur un ciel orangé.
Le Foudji rouge, vu à travers une de ces ondées si fréquentes au Japon.
Une chevauchée sous l'averse.

150. Un hoche-queue sur une branche de prunier en fleurs qui se profile sur le disque de la lune. Jolie pièce de format carré.

151. Différents objets, dont un Foudji en sable sur un plateau, des étoffes sur une table en laque rouge. Sourimono d'un effet très décoratif.

152. Le passeur poussant une barque vers une rive verdoyante où l'on voit quelques maisons. Joli sourimono carré.

Yanagawa Shighénobou.

153. Le rat de fortune. Superbe épreuve de cette célèbre pièce qui a été reproduite en couleurs dans l'*Art japonais* de Gonse.

Kouninao.

154. Une pêcheuse d'awabi au milieu d'une vague. Remarquable pièce de format carré. Le corps de la femme vu dans la transparence de l'eau est rendu avec un soin tout particulier.

Shunman.

155. Plaisirs de l'été. Trois jeunes femmes, en riches costumes, au bord d'une rivière. Belle pièce de grand format, à fond jaune.

156. Trois oiseaux verts sur une branche de cerisier en fleurs. Délicat sourimono de format carré.

Shinsaï.

157. Un coq blanc sur un tambour. Tout le corps de l'oiseau est exécuté en gaufrure. Sourimono carré en très beau tirage.

Sôri.

158. Les trente-six métiers. Série complète publiée en 1802. Charmante suite de petites compositions d'un des meilleurs élèves d'Hokousaï à qui le maître a cédé son nom de Sôri en 1799. Trente-six pièces de format oblong, en excellent tirage.

Mori Shin-kei.

159. Fleurs, insectes et papillons. Jolie suite de douze planches d'un tirage très fin, en un album de petit format.

Gogakou.

160. Le grain, à Ten po zan (îlot près d'Osaka). Une barque, ballottée au milieu de vagues énormes, sous un ciel noir d'où tombe une pluie qui raye toute la composition. Œuvre maîtresse de ce grand artiste dont les estampes sont trop rares.

Angers, imprimerie orientale de A. Burdin.

www.ingramcontent.com/pod-product-compliance
Ingram Content Group UK Ltd.
Pitfield, Milton Keynes, MK11 3LW, UK
UKHW032030260826
14628UKWH00006B/2858

9 782329 3445